NAPOLÉON

Poème Héroïque

PARIS

JOEL CHERBULIEZ, LIBRAIRE
Rue de la Monnaie, 10

GENÈVE, même Maison. — **LYON**, BRUN ET Cie

1855

NAPOLÉON.

Trévoux. — Imprimerie et Lithographie de J.-C. Damour.

NAPOLÉON

Poëme Héroïque

PARIS

JOEL CHERBULIEZ, LIBRAIRE

Rue de la Monnaie, 10

GENÈVE, même Maison. — **LYON**, BRUN ET Cie

1855

La France, supérieure ou égale aux autres nations en toute chose, semble demeurer en arrière pour le poème épique seulement. Certes, je n'ai pas la prétention de vouloir combler la lacune, mais si le travail d'un homme inconnu pouvait obtenir quelque bienveillance, peut-être que nos premiers poètes suivraient la même route et produiraient une œuvre digne de la grandeur de la France.

Le sujet que j'ai choisi est le plus national qui soit dans notre histoire. Qui donc a accompli plus de merveilles que le grand Napoléon? qui donc a été plus aimé du peuple que lui ?

Après le choix du sujet, deux choses me restaient à

faire : tracer mon plan et l'exécuter. Dans la première, j'ai choisi l'ordre ordinaire des poèmes épiques ; et, pour s'en convaincre, il suffit de connaître le résumé de mes chants.

L'Enfer, jaloux du bonheur des Français, porte la Russie à la guerre, et Napoléon cherche des alliés partout. La Perse lui envoie des députés, à qui Razzo, corse d'origine et chef de l'ambassade, fait connaître la jeunesse du héros. Après avoir offert à Napoléon l'épée de Tamerlan, ces députés, lui demandent le récit de ses exploits. Il raconte donc ses diverses campagnes, jusqu'au jour de la rupture avec la Russie. Là, commence l'action.

Après une fête à Dresde, il entre en Russie et remporte ses premières victoires ; mais, comme il travaillait alors moins pour le bien public que pour sa propre grandeur, le Ciel le livre à lui-même, et l'Enfer lui fait éprouver les désastres de la retraite. Napoléon fait encore de grandes choses, sans pouvoir l'emporter sur la rage infernale; il tombe, et, dans son exil, l'amour de la France et le désir de la domination renaissent en lui. Il rentre triomphant, combat et tombe de nouveau. Il supporte noblement son dernier exil, grandit dans la souffrance, triomphe de lui-même; et, grand par sa résignation, plus encore par son retour aux lois de l'Évangile, il va recevoir enfin sa récompense dans le ciel.

Quant aux détails, j'ai cherché à les rendre agréables

par le style, par les fictions, par les épisodes, et par des tableaux neufs et émouvants.

Le merveilleux, chez moi, n'a rien que de très-naturel : c'est l'Enfer qui s'efforce de troubler le bonheur des hommes et qui veut abattre un héros capable de les rendre heureux. Le Ciel le favorise aussi longtemps qu'il n'a que la France pour but de ses travaux, et l'abandonne, quand son ambition personnelle le pousse trop loin. Dès qu'il rentre en lui-même, Dieu lui donne la plus belle des couronnes, la couronne éternelle.

Peu jaloux de flatter le pouvoir, j'ai loué ce qui est louable, et blâmé ce qui s'est trouvé répréhensible. La vie du grand Napoléon appartenant à l'histoire, j'ai dû me conformer au jugement de l'histoire, sans m'enrôler sous les drapeaux d'aucun parti.

M. Servan de Sugny, membre de l'Académie de Lyon, dont j'ai pu apprécier le savoir et le bon goût, a daigné m'encourager et a même fait paraître, dans la *Revue du Lyonnais*, une analyse de mon poëme, dont je lui avais confié le manuscrit. Cet article, qui honore autant sa plume que son excellent jugement, est surtout ce qui m'a déterminé à faire cette publication.

Barbésieux

NAPOLÉON.

CHANT PREMIER.

INVOCATION. — FUREUR DE L'ENFER. — INTRIGUES DE L'ANGLETERRE. — RUPTURE AVEC LA RUSSIE. — AMBASSADE. — JEUNESSE DE NAPOLÉON. — ALLIANCE AVEC LA PERSE.

Je chante ce héros dont le vaste génie
Répandit sur la France une gloire infinie,
Qui s'immortalisa par mille exploits divers,
Fut grand dans les succès, plus grand dans les revers,
Et, longtemps poursuivi par la haine et l'envie,
Sur un rocher brûlant rendit sa noble vie.

Messagers du Très-Haut, Anges de vérité,
Qui livrez les grands noms à la postérité,
J'implore votre appui pour une œuvre si belle.
Anges, guidez ma voix et ma plume rebelle,
Dites-moi ses travaux, dites-moi ses splendeurs,
Sa gloire, son pouvoir, sa chute et ses malheurs.

Quand, arbitre des rois, du couchant à l'aurore
Il promenait, vainqueur, le drapeau tricolore,
Quand tout avait ployé sous son nom, sous ses coups.
Et qu'il voyait déjà l'Europe à ses genoux,
Quel esprit infernal, complice de l'envie,
Vint arrêter le cours d'une si belle vie ?
Quel démon furieux apporta des enfers
A d'étonnants succès d'incroyables revers ?
La noire Trahison. La gloire de nos armes
Jusque dans le Tartare excitait des alarmes,
Et le sang immortel de nos preux chevaliers,
Qui bouillonnait encor au cœur de nos guerriers,
Allumait contre nous les fureurs sataniques.
C'est l'Enfer qui créa nos haines politiques,
Quand l'univers nous vit, ardents de passion,
Briser le joug sacré de la religion,
Renverser les autels où se courbaient nos pères,
Et d'un Dieu mort pour nous blasphémer les mystères.

Mais un héros parut ; ses triomphantes mains
Relevèrent l'autel et les rites divins ;
Et nos prêtres, longtemps obligés de se taire,
Reprirent, sous ses lois, leur sacré ministère.
Le culte florissait ; réglé par le héros,
Il donnait à l'État les mœurs et le repos.

Aussitôt que Satan voit le bonheur du monde,
Il s'agite, il mugit, et sa haine profonde
Assemble près de lui ses ministres hideux,

La Haine, la Fureur, le Mensonge honteux,
La sombre Trahison, l'aveugle Frénésie,
Le cruel Désespoir, la pâle Jalousie;
Et, quand il voit complet cet horrible concours,
Le monstre en frémissant prononce ce discours:

« Terribles habitants de l'infernal empire,
« Ah! n'entendez-vous pas la France nous maudire?
« Dieu règne de nouveau; les peuples à l'autel
« De nouveau font fumer l'encens vers l'Eternel,
« Et la prospérité, que Lucifer abhorre,
« Avec Napoléon fait poindre son aurore.
« Ce chef, ce conquérant, malgré nous empereur,
« S'efforce chaque jour d'étendre ce bonheur;
« Satan l'a condamné. Vos nombreuses phalanges,
« Qui bravèrent jadis et le Ciel et ses anges,
« Brûlent de s'élancer hors de ces noirs caveaux;
« Allez, et par le mal adoucissez vos maux.
« J'ai pour vous seconder la jalouse Angleterre;
« Par elle rallumez les torches de la guerre;
« Inspirez ses méfaits, secondez son effort,
« Et sachez soulever les peuplades du nord. »

Il dit, et de son dard frappant les voûtes sombres,
Il en fait échapper les invisibles ombres,
Démons tumultueux qui, d'un essor divers,
Comme un vent destructeur, remplissent l'univers;
La colère conduit la fougueuse cohorte,
Et vers le nord glacé la tempête l'emporte.

Au sein de l'Océan, dans ces climats brumeux,

Que les mers ont dotés d'un empire fameux,
D'où les autans six mois ont banni le zéphire,
Où jamais le printemps n'ose venir sourire,
S'élève sur les eaux un peuple souverain;
Le sceptre de Neptune a passé dans sa main.
C'est là que des démons la troupe fugitive
S'abat en tourbillon sur la plage plaintive;
L'Enfer hante ces lieux depuis qu'un puissant roi,
Pour un culte maudit, a parjuré sa foi (1).

Granville depuis peu, maîtrisant l'Angleterre,
Suivait, pour dominer, le parti de la guerre,
Et, fort de ses amis, plus maître que le roi,
Imposait à la cour ses rêves et sa loi (2).
Il reçut de Satan les hideux émissaires;
Aussitôt sept démons, les sept plus téméraires,
Pénètrent dans ses sens, s'emparent de son cœur,
Lui soufflent leurs complots, leur atroce fureur,
Et lui rendent affreux l'éclat de notre gloire.

Ah! qu'il voudrait briser le char de la victoire
Qui promène partout nos guerriers triomphants!
Les flots, pour l'arrêter, sont-ils assez puissants,
Et le grand conquérant, cet enfant de la guerre,
N'atteindra-t-il jamais le sol de l'Angleterre?
Déjà ses fortes mains ont fermé tous les ports;
C'est contre les Anglais qu'il tourne ses efforts;
Donc fureur pour fureur, haine donc pour sa haine!

N'écoutant plus alors que l'élan qui l'entraîne,
Et chassant loin de lui les vapeurs du sommeil,
Le noble lord se lève et se rend au conseil.

Quel désastreux aspect ! pâles, sans espérance,
Les lords courbaient le front et, maudissant la France,
S'abaissaient à la paix, malgré leur vain courroux.
« Au sein de l'Océan, Anglais, que craignez-vous ?
« Dit-il, pour nous ravir nos vieilles renommées,
« Les Français dans les airs portent-ils leurs armées ?
« La Manche nous défend, et nous pouvons encor
« A la haine des rois rendre son vieil essor,
« Enflammer les combats, ressusciter la guerre,
« Et par le continent défendre l'Angleterre ;
« Plus aux Français qu'à nous les combats sont amers.
« Pour dompter l'ennemi, pour régner sur les mers,
« Allumons le volcan. Alexandre chancelle,
« Et le feu pour jaillir n'attend qu'une étincelle.
« Aux peuples comme aux rois offrons notre secours (3). »

Satan fait triompher cet étrange discours.
Soudain des messagers partent pour la Finlande ;
La Ruse les conduit sur la mer de Courlande,
Et le Czar près de lui, par un ordre discret,
Les admet, les entend, et leur parle en secret.
Ses rêves sont passés ; le testament de Pierre (4)
Languit depuis longtemps, couvert par la poussière.
Après de vastes plans, de terribles combats,
Il a crié, vaincu, merci pour ses états.
Sa bouche mord le frein et rugit en silence ;
Cependant ses regards, arrêtés sur la France,
Souffrent de nos succès, jalousent nos lauriers,
Maudissent nos progrès et nos travaux guerriers,
Il voit deux rois français régner en Italie,

Et ramener les temps qui l'avaient ennoblie ;
L'Espagne se calmer et recevoir son roi;
L'Autriche nous flatter et nous donner sa foi ;
Tous les peuples divers qui bordent nos frontières,
Se former à nos mœurs, servir sous nos bannières ;
Nos aigles ne trouver que des drapeaux soumis ;
La Prusse nous fêter, et nos vaillants amis,
Les nobles Polonais que protége la France,
Jusque dans ses États rêver l'indépendance.
Ah ! qu'ils sont loin de lui ces projets d'autrefois,
Qui devaient enchaîner l'Europe sous ses lois !
O Tilsitt, nom cruel, serment qui l'importune,
Auquel a présidé l'inconstante Fortune,
Que ne peut-il briser ton trop fatal lien,
Et des peuples vaincus demeurer le soutien !
Mais l'Anglais lui répond : « Quel scrupule frivole !
« Bonaparte se rit d'une vaine parole,
« Eh! ne voyez-vous pas que sous mille serments
« Il cache chaque jour ses envahissements ?
« Vous a-t-il bien gardé la foi qu'il a jurée,
« Lui dont les bataillons menacent la Morée,
« Lui qui trompe au midi vos glorieux destins,
« Et convoîte déjà les remparts Byzantins,
« Lui qui tient Oldenbourg, lui qui dans Varsovie
« Ouvre, sous vos regards, un refuge à l'envie,
« Qui, prolongeant sans fin ses immenses États,
« Jusque sur vos confins amène ses soldats?
« Mille progrès nouveaux signalent ses campagnes ;
« Maître du Portugal, il saisit les Espagnes,
« Puis ose proclamer, dans son hardi conseil,

« Qu'il ne faut qu'un seul roi comme il n'est qu'un soleil.

« Unissons nos efforts contre sa tyrannie ;
« Arrachons à ses fers la noble Germanie,
« Et sur le champ d'honneur unissant nos guerriers,
« Sachons cueillir enfin de faciles lauriers.
« L'Europe nous attend ; l'univers nous contemple,
« Et les princes Germains nous demandent l'exemple. »

Il dit ; et, sur le front du monarque jaloux,
On vit briller l'espoir ainsi que le courroux ;
Tilsitt s'est effacé ; son cœur, plein de la guerre,
Se tourne contre nous, se rend à l'Angleterre,
Et la cour applaudit au monarque absolu.
L'Enfer a triomphé, la guerre a prévalu ;
Lucifer en bondit dans sa prison profonde,
Et sa barbare joie épouvante le monde.

Soudain la Renommée annonce à l'univers
Les combats préparés par vingt peuples divers ;
Redit le mouvement des villes alarmées,
Le nombre des soldats, la marche des armées,
Et semant sous ses pas le trouble et la terreur,
Vient jusque dans Paris réveiller l'Empereur.

A sa voix aussitôt, l'arbitre de la guerre,
Qui domine les rois et maîtrise la terre,
Sent jaillir de son front les feux de la fureur :
« A toi, dit-il, à toi, parjure, à toi malheur !
« Ne te souviens-tu plus de tes basses caresses,
« De tes lâches serments, de tes fausses promesses,

« Indigne contempteur de la foi des traités?
« Malheur à tes amis! malheur à tes cités!
« N'as-tu pas éprouvé, sur nos champs de carnage,
« Combien nous l'emportons en forces, en courage,
« Et fallait-il encor que de nouveaux débris
« Vinssent frapper tes yeux et dompter tes esprits ? »
Mais, plus calme bientôt, il repasse en silence
Ses plans et ses projets, l'avenir de la France.
Il voit le sort sourire à ses vastes desseins,
Et lui tracer la route au sceptre des humains;
Arbitre triomphant de la vaste Russie,
Il pourra commander aux peuples de l'Asie;
Mais sur ce vaste plan, sur ce grave sujet
Il faut poser encor les voiles du secret.
Alors vers Pétersbourg d'inutiles messages
Vont peindre de la paix les divers avantages;
Alors, toujours en vain, la main d'un allié
Retrace noblement un serment oublié (5).
Le Français veut la guerre, il bouillonne d'audace
Le Russe espère tout, et, bravant la menace,
Fait avancer soudain ses puissants bataillons.
Ils couvrent de Wilna les belliqueux sillons.
A peine a retenti le signal des alarmes,
Que nos vieux grenadiers ressaisissent leurs armes,
Font rouler leurs canons, resplendir leurs drapeaux,
Et placent dans leurs rangs dix peuples de rivaux (6).
A leur terrible voix les nations s'unissent;
Le sol en retentit et les airs en frémissent :
Tout s'émeut, tout s'agite, et jusque dans l'Enfer,
On entend se choquer et le bronze et le fer.

Tel paraît éclatant aux flambeaux d'une fête,
Qui pâlit aussitôt que gronde la tempête.
La jeune Impératrice, éblouissante d'or,
Rassemble les plaisirs et leur donne l'essor ;
Son port est ravissant, et son regard avide
Se lève complaisant sur la glace limpide ;
Mais lorsque le fracas, et la guerre et ses cris,
Jusque dans son palais ont frappé ses esprits,
Elle jette ses fleurs, repousse sa couronne ;
A mille noirs pensers son âme s'abandonne.
Ni ses tendres loisirs, ni ses brillants atours,
Ni le luxe des rois qui la charma toujours,
Rien ne peut dissiper la tritesse cruelle
Qui la poursuit sans cesse, et qui veille avec elle.
Mina qui la chérit, Mina qui voit son cœur,
S'efforce par ces mots de calmer sa douleur :
« Enfant que j'ai bercée, ô tendre souveraine,
« Hélas ! de tout mon cœur je ressens votre peine !
« Mais pourquoi tant d'ennui ? pourquoi tant de langueur ?
« Quel futile sujet cause votre douleur ?
« Est-ce donc d'aujourd'hui que vous voyez la guerre ?
« Quand vous vîntes au jour, déjà toute la terre
« Tressaillait sous les pas des bataillons sanglants.
« Depuis, point de repos ; trois fois les combattants
« Jusque dans vos palais ont porté leur furie ;
« Trois fois ils ont souillé le sol de la patrie,
« Et de vos jeunes ans compromis le repos ;
« Mais l'homme du destin, l'invincible héros,
« Vous l'avez pour époux, et sa haute fortune

« Doit chasser tout souci, toute crainte importune. »

La Princesse répond : « Mina que je chéris,
« Ah ! ne connais-tu plus celle que tu nourris ?
« Je reçus en naissant le malheur en partage ;
« Je crains pour mon époux ce fatal héritage.

« Lorsque le doux sommeil, tendre présent des cieux,
« Descendait sur ma couche et me fermait les yeux,
« J'entends, grand Dieu ! j'entends, au milieu des alarmes,
« Mugir autour de moi le bruit affreux des armes.
« Cent peuples conjurés, cent bataillons épais
« Environnent Paris, entrent dans ce palais.
« Le fer brille partout, et partout les épées
« Dans le sang des Français me paraissent trempées ;
« Je pousse de longs cris ; pour éviter la mort,
« Mes membres engourdis font un pénible effort.
« Je lutte, je frémis, quand tout-à-coup mon père
« Entre nos ennemis paraît plein de colère.
« Son œil est enflammé, son bras avec rigueur
« Repousse mon amour, ajoute à ma terreur,
« Et prenant dans ses mains mon brillant diadème,
« Il le jette à ses pieds et le brise lui-même.
« Ces noirs pressentiments, ces pénibles vapeurs
« Bien souvent, ô Mina, m'ont prédit des malheurs.
« Les rêves sont parfois des prophètes nocturnes. »
Toutes deux, à ces mots, demeurent taciturnes,
Lorsque de jeunes cris, les cris du petit roi,
Dans le sein maternel viennent jeter l'émoi.

Cependant l'Empereur, aussi grand que sa gloire,
Embellit de ses lois les pages de l'histoire (7),
Dispense les pouvoirs, plein de soins, de soucis,
Assure nos grandeurs et règle le pays,
Promène sur nos mœurs sa haute politique,
Invoque, s'il le faut, le pouvoir despotique,
Ouvre son œil sur tout et comprend à la fois
Les devoirs des sujets et la règle des rois.

Nos députés alors, jusqu'au sein de l'Asie,
Cherchent des ennemis à la vaste Russie,
Le grand Schah les reçoit, et dans son beau palais,
Il convoque soudain tout ce qui hait la paix :
« Mahomet soit loué ! Perse, sèche tes larmes;
« Contre nos ennemis la France prend les armes,
« Dit-il ; le Czar frémit ; tous les peuples du nord
« Attendent, incertains, les caprices du sort.
« Persans, réveillez-vous ; relevons notre Empire :
« Voguons à l'occident sur un riche navire,
« Et portons des présents au héros des Français ;
« S'il est notre allié, je réponds du succès. »

Il dit : bientôt après les mers de la Turquie,
L'Archipel étonné, la paisible Candie
Virent cingler au soir deux navires persans,
Etalant sur leur pont la fleur des Musulmans.

Razzo les conduisait. La Corse le vit naitre ;
Il aima le héros que nous avions pour maître,

Et pendant que les vents favorisaient leur cours,
Aux Persans attentifs il tenait ce discours :
« Vaincus dans les combats, privés de tout asile,
« Ses parents, sans courber une tête servile,
« Reçurent des Français et les soins et la loi,
« Et restèrent dès-lors fidèles à leur foi.

« Le calme de la paix naît après la tempête.
« De la mère de Dieu brille l'auguste fête,
« Et le sonore airain, balancé dans les cieux,
« Convoque la cité dans les temples pieux.
« La foule qui remplit la nef et les portiques,
« Fait monter vers son Dieu ses célestes cantiques,
« Et de Lætitia le généreux amour
« A la Reine des cieux vint faire aussi sa cour.
« Les élans de son cœur, ses maternelles larmes
« Et sa brûlante foi, dont les célestes charmes
« Se mêlaient à l'encens de ce jour solennel,
« Montaient pieusement aux pieds de l'Eternel.
« On dit que le saint marbre, ému de sa prière,
« D'une larme d'amour humecta sa paupière,
« Que la mère sentit tout-à-coup dans son sein
« Un doux frémissement, un mouvement divin ;
« On dit qu'elle éprouva, trop vivement touchée,
« De son enfantement la première tranchée ;
« Qu'elle eut pour enfanter un angle du parvis
« Et pour lit de douleur un antique tapis,
« Qu'enfin Napoléon, languissant et débile,
« Poussa ses premiers cris sur l'image d'Achille (8).

« Un prêtre généreux, le chef de sa maison,
« Guida ses premiers pas, et forma sa raison,
« Et quand un lent trépas vint fermer sa paupière,
« L'enfant, pour préparer sa virile carrière,
« Les yeux baignés de pleurs, dut quitter son pays,
« Et venir s'éclairer au flambeau de Paris.
« Contemple, noble enfant, cette ville si fière,
« Et ces princes brillants, et cette cour altière,
« Ces riches monuments, ces somptueux palais,
« Ce Monarque si doux, ces ministres de paix;
« Hélas ! tout va tomber sous la hache publique !
« J'entends, j'entends déjà mugir la République !
« Mais toi, loin des grandeurs, du luxe et de la cour,
« Va, modeste écolier, attendre le grand jour.
« Bientôt l'on te verra, sur la neige et la glace,
« Marcher au premier rang, y désigner ta place,
« Quand, prompt à dominer tes généreux rivaux,
« Tu te fis l'inventeur de leurs plaisirs nouveaux.
« Dans cette jeune lice, en promesses féconde,
» Qui n'aurait pressenti le conquérant du monde (9)?

« Enfin voici le jour où son jeune talent
« Prélude à ses grandeurs par un fait éclatant.
« La cité de Toulon, bravant la République,
« A repris les drapeaux et la cocarde antique,
« Et livrant ses remparts aux peuples ennemis,
« A conduit sous ses murs cent bataillons unis.
« Cartaux qui les guidait vers la cité perfide,
« Cartaux, des vains honneurs et des grandeurs avide,

« Ignorait des combats le périlleux métier.
« Auprès du chef aigri quel est cet officier ?
« C'est lui ! c'est Bonaparte, et déjà son génie
« A marqué de Toulon la prochaine agonie.
« Voyez-le maintenant consommer ses projets.
« Il marche vers le port, le couvre de boulets.....
« Quel horrible fracas ! quel feu ! quelle tempête !
« Les canons ont sonné l'heure de la défaite !
« Et le héros vainqueur répète : *Mes amis,*
« *Voici, voici le jour que je vous ai promis !*
« *Le Petit-Gibraltar nous a livré la ville ;*
« *Il faut que le vaincu sous nos canons défile,*
« *Et Toulon va tomber. Malgré nos ennemis,*
« *A nos couleurs, Toulon, tu resteras soumis.*
« Il dit : mais dans les airs un bruit épouvantable
« Réduisait en lambeaux la cité déplorable,
« Et les soldats Anglais, l'Espagnol en courroux,
« Ne pouvant y régner, l'écrasaient sous leurs coups.
« Sous ces foyers ardents, sous la fureur des bombes,
« Sur un sol hérissé de débris et de tombes,
« L'ennemi furieux, courant à ses vaisseaux,
« Ne laisse dans Toulon que de fumants lambeaux.
« Que de pleurs ! que de deuil ! mais les maux de la guerre
« Depuis ont disparu de cette riche terre,
« Et Toulon protégé, guidé par l'Empereur,
« A repris aujourd'hui sa première splendeur.

« Le futur souverain commençait à paraître,
« Et, contraint d'obéir, obéissait en maître.
« Sur l'Apennin surpris, ses héroïques mains

« Des succès à venir préparaient les chemins,
« Par d'habiles combats enchaînaient la victoire,
« Avec les généraux rivalisaient de gloire,
« Et, sans régner encor, montraient, par leur vigueur,
« Que l'humble commandant deviendrait dictateur.
« Il grandissait : déjà sa prompte renommée
« Commençait à frapper les regards de l'armée.
« Paris s'en étonna; les ministres jaloux,
« Pour briser ses destins, préparèrent leurs coups ;
« On voulut le frapper ; mais son noble courage
« Se dressa fièrement et domina l'orage.
« Menacé, dans les fers, rappelé, sans emploi,
« Ce cœur de fer ploya sans recevoir la loi.
« Aubry, l'aveugle Aubry, ministre de la guerre,
« N'eut pour son grand talent qu'un visage sévère ;
« Mais qui peut arrêter la marche d'un héros ?

« Pendant que l'officier languit dans le repos,
« Moi-même poursuivi, menacé du supplice,
« De nos cruels tyrans j'évitai la malice,
« J'abandonnai des lieux où le sang à longs flots
« Ruisselait à mes pieds et troublait mon repos,
« Où l'innocent tombait sous la hache du crime,
« Où le forfait heureux, où la vertu victime
« N'offraient à mes désirs que des jours trop amers.
« Je partis en proscrit, je traversai les mers,
« Les vents vers Scutari poussèrent mon navire,
« Et je fus accueilli dans votre saint Empire. »

Ainsi parla Razzo. Charmés de ses discours,
Les Persans près de lui ne comptaient pas les jours.

Cependant sur les mers le souffle du zéphire
Enflait paisiblement la voile du navire,
Et les esquifs légers, sur les dociles flots,
Répondaient à l'ardeur des heureux matelots.
Toulon surgit de l'onde, et la terre de France,
Avec son horizon, leur montra l'espérance.

Aussitôt le bruit court, dans nos cantons surpris,
Que des rois étrangers s'avancent vers Paris;
On parle de leur rang, on vante leur richesse;
Les peuples à l'envi, mêlés à la noblesse,
Accourent empressés et bordent les chemins.
Ainsi sont les Français, ainsi tous les humains.

La reine des cités qu'émeut cette nouvelle,
Entoure le palais où l'attente l'appelle;
L'ambassade paraît; Razzo qui la conduit,
Précède les Persans et la foule les suit.
La surprise et l'espoir commandent le silence;
Lui, d'un pas assuré, parcourt la salle immense,
Pompeusement suivi par les illustres Khans
Dont on voit dominer et briller les turbans.
Il porte dans ses mains un riche cimeterre,
S'approche du héros, se courbe jusqu'à terre,
Et, ceint de toute part d'un illustre concours,
Adresse à l'Empereur ce glorieux discours :
« Soleil de l'Occident, héros de la victoire,
« Jusque chez les Persans on célèbre ta gloire,
« Et nos peuples émus, au bout de l'univers,

« Aiment à raconter tes triomphes divers.
« Non, jamais Tamerlan, dont l'illustre mémoire
« Vivra chez les guerriers tant que vivra l'histoire,
« Ne passa ta valeur, n'égala tes succès ;
« Des triomphes nouveaux attendent les Français.
« L'imprudent ennemi qui brave ta colère,
« Dans la Perse jadis osa porter la guerre ;
« Qu'il soit anéanti ! que ton juste courroux,
« En triomphant pour toi, triomphe aussi pour nous !
« Faut-il te seconder ? faut-il que nos armées
« Envahissent du nord les terres alarmées ?
« Faut-il que nous ayons les mêmes ennemis ?
« Accepte seulement les Persans pour amis,
« Et pour gage de foi, tiens, reçois cette épée,
« Que le grand Tamerlan dans le sang a trempée.
« Quel autre plus que toi mérite ce trésor ?
« Il brille d'avenir mille fois plus que d'or (10). »

Il dit, et se courbant de nouveau vers la terre,
Il baise, puis présente enfin le cimeterre.
Le héros le saisit et l'élève trois fois.
« Ton auguste présent, dit-il, je le reçois ;
« Qu'il soit entre mes mains un gage de victoire,
« Comme il fut parmi vous un instrument de gloire !
« Devenons alliés, que nos vaillants soldats
« Attaquent de concert les mêmes potentats ;
« Si la morgue du nord par nous était flétrie,
« Oui, par le Dieu de tous, votre noble patrie
« Reprendrait le haut rang que tinrent vos aïeux.
« Mais aujourd'hui, Persans, je veux en d'autres lieux,

« Fêtant sans appareil votre auguste présence,
« Vous montrer l'intérêt que vous porte la France,
« Et devant mes guerriers vous offrir à mon tour
« Un souvenir d'honneur, une marque d'amour. »

Il dit, et terminant la séance publique,
Il admet les Persans dans une salle antique,
Leur vante l'Orient, leur fait cent questions,
S'informe des pays, compte les nations,
Intéresse leur cœur, de son feu les enflamme,
Et parle de combats, cette âme de son âme.

Les députés alors, ravis par ses discours,
Du jour et de la nuit n'observent plus le cours.
Ils aiment nos vertus, ils aiment notre gloire,
Ils pressent le héros, ils demandent l'histoire
De ses nombreux exploits, de ses vastes travaux :
« Charmez, lui disent-ils, des alliés nouveaux. »
L'Empereur leur répond : « Je veux vous satisfaire,
« Sans rien vous déguiser, vous cacher, ni vous taire,
« Et s'il est peut séant de trop parler de soi,
« C'est la nécessité qui m'en fait une loi.

NOTES.

(1) Henri VIII, roi d'Angleterre, pour se livrer sans contrôle à ses débauches devint hérétique en 1509, et entraina sa nation avec lui.

(2) Deux partis régnaient alors en Angleterre ; celui de la guerre l'emporta et conduisit Granville au pouvoir.

(3) Dans un poème épique la vraissemblance suffit ; d'ailleurs tous les discours qu'on trouvera dans cet ouvrage, s'ils ne sont pas vrais en substance, seront toujours conformes aux événements.

(4) Les Russes, par leur continuels envahissements, menacent d'engloutir l'Europe tout entière, et le testament de Pierre-le-Grand donne en détail aux Czars la marche à suivre pour y parvenir.

(5) Les deux Empereurs désiraient la guerre, tout en proclamant leur désir de la paix. Napoléon rappela au Czar le traité de Tilsitt ; et le lui fit même rappeler par le Roi de Prusse.

(6) Presque tout l'Occident marcha avec Napoléon contre la Russie ; mais ses alliés l'abandonnèrent après son désastre.

(7) Napoléon travaillait alors à son Code civil.

(8) Cette fiction s'accorde avec ce qu'ont dit certains auteurs.

(9) On connait les remparts de neige construits par les élèves de l'école de Brienne, sous la conduite du jeune Napoléon.

(10) L'histoire dit que la Perse envoya des députés à Napoléon, pendant qu'il était en Italie ; j'ai donc pu supposer une alliance avec l'empire français.

www.ingramcontent.com/pod-product-compliance
Ingram Content Group UK Ltd.
Pitfield, Milton Keynes, MK11 3LW, UK
UKHW020447220726
13923UKWH00005B/2389